Amine

Tail

DANS LA MÊME COLLECTION

Fous de foot, de F. JOLY,

illustré par Ch. BESSE

Le Fantôme de la chambre bleue, de J.-P. KERLOC'H,

Soundiata l'enfant lion, de L. KESTELOOT,

illustré par J. JOLIVET

La Musique des âmes, de S. ALLOUCHE,

illustré par C. LEFÈVRE

L'Ombre de la cathédrale, de A. HUBERT-RICHOU,

illustré par N. SURE

2, rue Chappe – 78130 Les Mureaux
Tél. : 01 34 92 78 78 – Fax : 01 34 92 82 50
Site internet : www.editions-sed.fr

Cycle 3 – ISBN : 2-86893-978-3
Réf. : 14902

LE PILLEUR DE MOTS

PATRICE VARRAIN

À Nicolas

éditions sed

PERSONNAGES
(par ordre d'apparition)

– *Le président*

– *Le ministre Beaujour*

– *Le ministre Tabouille*

– *La secrétaire*

– *Le professeur Stein*

– *Le professeur Craignestein*

– *Le professeur Rollerstein*

– *Darkword*

– *Les soldats*

– *Le soldat*

– *La reine Zémora*

ACTE I, SCÈNE I

(Les projecteurs s'allument brusquement. Nous sommes dans le palais présidentiel. Le président traverse plusieurs fois la salle d'un air très affairé, alors que les ministres le suivent et s'égosillent en l'interpellant. Enfin, le président s'installe solennellement à son bureau, entouré par ses ministres, très agités.)

LES MINISTRES
(dans la cacophonie)

Monsieur le président ! Monsieur le président !

LE PRÉSIDENT

Stop ! Asseyez-vous ! *(Ils obéissent docilement.)*

LE MINISTRE BEAUJOUR

Monsieur le président, c'est une catastrophe ! Un cataclysme !

LE MINISTRE TABOUILLE
(bégayant)

Une abo… abo… mination !

LE PRÉSIDENT

Stop ! Calmez-vous ! *(Les ministres se taisent et le président les observe un instant dans le silence.)* Monsieur le ministre des Problèmes du jour Beaujour, à vous la parole !

LE MINISTRE BEAUJOUR

(Lançant sa longue écharpe blanche autour de son cou, prenant une pose et déclamant comme un poète.)

ON LES AIMAIT TANT… C'est le titre !
Les mots qui disent…
Qui nous séduisent…
Les mots qui jouent…
Et les mots fous…
Les mots qui chantent…
Qui nous enchantent…
Les mots qui pleurent…
Et ceux qui meurent…
(Il essuie une larme.)

Vous comprenez, monsieur le président, notre langue, c'est comme une façon de voir le monde ! Et tous ces pays, si différents, qui chantent avec les mêmes mots… Et tout, et tout ! *(Il fond en larmes.)*

LE PRÉSIDENT

(à son voisin Tabouille)

Qu'est-ce qu'il lui prend ? Ministre des Urgences Tabouille, que se passe-t-il, à la fin ?

LE MINISTRE TABOUILLE

Nous avons ététététété…

LE PRÉSIDENT

Tété ?

LE MINISTRE TABOUILLE

Non, étététété… Attatatatatata…

LE PRÉSIDENT

Atata ?

LE MINISTRE TABOUILLE

Atatatata…

LE PRÉSIDENT

À table ?

LE MINISTRE TABOUILLE

Non, atata…

LE PRÉSIDENT

(s'impatientant et levant les yeux au ciel)

Vous êtes allés chez Tata ?

LE MINISTRE TABOUILLE

Non, aaaaaattaqué ce matin !

LE PRÉSIDENT

Attaqué ! *(Pris d'une brusque folie, il monte sur la table.)* Mobilisez les armées ! Sortez vos missiles, vos bâtons, vos fourchettes ! À l'attaque !

LE MINISTRE BEAUJOUR

Monsieur le président ! Monsieur le président ! Stop ! *(Le président se calme.)* C'est pire que la guerre. Notre satellite Dudulle a repéré ce matin un nuage bleu azur, comme le ciel de ses yeux !

LE PRÉSIDENT

Ah ? Ses yeux ? Les yeux de qui ?

LE MINISTRE BEAUJOUR

(Il déclame de plus belle en enroulant et déroulant sa grande écharpe blanche.)

En grandes volutes bleues, il s'est divisé,

Lourdes fumées, telles les plus noires pensées,
Et sur des pays amis se sont déposées,
Et les voici à présent tout… tout… *(Il cherche avec angoisse. L'assemblée retient son souffle…)* Tout… ratatinés ! *(Soulagement de tous, puis, immédiatement, l'angoisse reprend.)*

LE PRÉSIDENT

Ah ? Et alors ? Il a plu ?

LE MINISTRE TABOUILLE

Non, monsieur le président, il a tu… tu… tu !

LE PRÉSIDENT

Tu ?

LE MINISTRE BEAUJOUR

Tu ! Du verbe taire ! Je veux dire que plus personne ne connaît sa langue et personne ne sait plus la parler. C'est le silence ! Motus et bouche cousue !

LE PRÉSIDENT

Aïe ! Ça doit faire mal, quand on passe le fil !

LE MINISTRE TABOUILLE

C'est… C'est… une façon de vous dire que

dans ces pays, plus personne ne dit mot !

LE PRÉSIDENT

Et alors, ce n'est pas chez nous ! Ça leur évitera de dire des bêtises !

LE MINISTRE TABOUILLE

(dépliant nerveusement une immense carte du monde griffonnée)

Voi… ci… ci… ci… ci… la liste des pays concerné… né… né… nés : le Québec, la Belgique, le Bénin, la Suisse et plein d'autres pays lointains !

LE MINISTRE BEAUJOUR

Même Saint-Pierre-et-Miquelon, monsieur le président ! Même Saint-Pierre-et-Miquelon ! *(Il se calme et prend une longue inspiration.)* Vous ne remarquez rien ? Ce sont uniquement des pays francophones !

LE PRÉSIDENT

Ça alors !

LE MINISTRE BEAUJOUR

C'est une attaque gigantesque et mystérieuse

contre notre langue française. Elle est morte partout ! Et tous ces accents, venus d'ailleurs... Plus qu'une richesse, monsieur le président, un trésor commun qui traverse les océans, les continents... *(Lançant son écharpe autour de son cou.)* Francophone... Aphone...

LE PRÉSIDENT

(au ministre Beaujour)

Sauf ici, mon p'tit Albert !

LE MINISTRE TABOUILLE

É... É... É... É... trangement oui, monsieur le président !

ACTE I, SCÈNE II

(Entre une secrétaire affolée. Elle est coquette et prononce chaque mot avec une immense passion.)

LA SECRÉTAIRE

Un message pour vous, reçu de Dudulle !

LE PRÉSIDENT

Qui c'est ça, Dudulle ?

LA SECRÉTAIRE

Bah, notre satellite !

LE PRÉSIDENT

(Il reste un moment bouche bée en lisant le fax.) Mes amis, l'heure est grave. Elle est grave parce qu'elle est sérieuse ! Elle est sérieuse parce qu'elle…

LE MINISTRE BEAUJOUR

(pleurnichant)

Monsieur le président, que se passe-t-il ?

LE PRÉSIDENT

Un énorme nuage bleu se dirige tout droit vers nous !

LES MINISTRES

Non !

LE PRÉSIDENT

Si !

LES MINISTRES

Non ! Non !

LE PRÉSIDENT

Il sera là demain matin !

LE MINISTRE BEAUJOUR

(s'emportant)

On les aimait, ces mots jolis,
Les mots du jour et de la nuit,
Les mots tendresse,
Les mots paresse… *(Il chante en pleurant à chaudes larmes.)* « En sortant de l'école, nous avons rencontré un grand chemin de fer…[1] »

1. Début d'une chanson d'Yves Montant sur un texte de Jacques Prévert.

LE PRÉSIDENT

Silence, Beaujour! Alors là, c'est la cata! Convoquez-moi d'urgence nos savants et donnez un mouchoir à Beaujour! Bien le bonjour, messieurs!

(Ils sortent tous, sauf la secrétaire. Le président reste un instant songeur.)

ACTE I, SCÈNE III

(Le président reprend ses esprits et compose nerveusement une longue série de chiffres sur le clavier de son téléphone.)

LE PRÉSIDENT

(au téléphone, avec l'accent québécois)

Salut, président ! Salut ! Salut ? Tu m'entends, dis ! Tu m'fais des cachettes ? D'accoutumée, tu causes ! Es-tu fou, toé ? Ça a pas d'bon sens ! *(À la secrétaire.)* C'est le président du Québec ! *(Au téléphone.)* C'est le caramel sur la crème glacée ! Tu pognes la grippe ou quoi ? Ça doit ! Bah, cause ! Bon, bah, à la revoyure ! *(À la secrétaire.)* Il est devenu sourd ! *(Il raccroche.)*

LA SECRÉTAIRE

Pas sourd, mais muet ! Il ne trouve plus ses mots...

LE PRÉSIDENT

(Il recompose nerveusement un numéro de téléphone et parle avec un accent belge.)

Ça fait au moins septante fois que j'te sonne ! Allo ! J'ai pas d'œuf à peler avec toi ! J'ai dur à te joindre. C'est tout ! Allo ! Allo ! *(À sa secrétaire.)* C'est la même chose en Belgique. Tous nos amis francophones sont touchés ! *(Il raccroche.)* Combien de temps nous reste-t-il ?

LA SECRÉTAIRE

Onze heures, monsieur le président !

LE PRÉSIDENT

Ils sont là ?

LA SECRÉTAIRE

Ils attendent derrière la porte.

LE PRÉSIDENT

Donnez-moi vos lunettes, ça fait plus président. *(Elle s'exécute. Le président prend une posture solennelle.)* Faites entrer !

ACTE I, SCÈNE IV

(Trois scientifiques entrent. Ils se ressemblent comme des triplés. Ils sont vêtus d'une blouse blanche et leurs longs cheveux blancs se dressent sur leur tête.)

LA SECRÉTAIRE

(souriante)

Voici le professeur Craignestein, Rollerstein et…

PROFESSEUR STEIN

Stein…

LA SECRÉTAIRE

Stein !

LE PRÉSIDENT

Je vous ai convoqués parce que la situation est dramatique. Voici des siècles que notre chère langue française s'offre à nos plus grands poètes du monde entier, d'un hémisphère à l'autre, depuis les campagnes jusqu'aux centres-villes, et elle est menacée. Je compte sur vous…

PROFESSEUR CRAIGNESTEIN

(d'un ton professoral)

Il semblerait que ce nuage bleu, que j'appellerais plutôt un corollaire intra-séquentiel, s'est produit dans la conjoncture particulière d'une osmose de nos ondes médianes qui conservent toutes leur apparence…

LE PRÉSIDENT

Ah ? Et alors ?

PROFESSEUR STEIN

(surexcité et fou de joie)

C'est l'apocalypse ! Nous allons enfin savoir !!!

(Le président et le professeur Stein se regardent fixement en silence, comme si le monde s'arrêtait de tourner.)

PROFESSEUR CRAIGNESTEIN

Et alors… Et alors… C'est un souci…

PROFESSEUR ROLLERSTEIN

En d'autres termes, pour être plus clair, la mutation transcodée ne s'accorde plus avec la dimension hertzienne. Cela explique l'ondulation quasi linéaire des résultats de nos études…

LE PRÉSIDENT

Linéaire… Ah! Ah? Et alors?

PROFESSEUR ROLLERSTEIN

Et alors… Et alors… C'est un problème…

PROFESSEUR STEIN

(sur le ton d'un sorcier machiavélique)

Des millénaires de recherche pour savoir enfin. *(Il commence à sauter dans tous les sens.)* Le monde va sauter! Ça va sauter! Boum! Comme un feu d'artifice! Et nous serons là pour ce moment final… Nous allons connaître la vérité ultime…

LE PRÉSIDENT

(Dans un nouveau silence, le président fixe le professeur Stein. Puis, discrètement, à sa secrétaire.)

Celui-là, vous me le ferez enfermer d'urgence par le D.D.S.D.[1].

PROFESSEUR CRAIGNESTEIN

Si l'on accepte l'idée que le cerveau humain ne décode que l'impact résiduel de ce processus, rien ne vaut rien…

1. D.D.S.D : Dépot Des Savants Déconnectés

LE PRÉSIDENT

(furieux)

Et alors ! Qu'est-ce que je fais, moi ? On ne comprend rien à ce que vous dites ! Ils causent plus le français ! Vous le comprenez, ça ? Ils sont muets comme des truites !

LA SECRÉTAIRE

Des carpes, monsieur le président... des carpes...

LE PRÉSIDENT

Fichez-moi le camp et laissez-moi m'abîmer dans la solitude du pouvoir. *(Il prend sa tête entre ses mains, déprimé.)* Laissez-moi seul... *(Les professeurs sortent, penauds ; la secrétaire s'apprête à les suivre...)* Non, pas vous, Yvette... Pas vous... *(Yvette ferme la porte et reste songeuse.)* Que va-t-il nous rester, ma pauvre Yvette ? Une langue si ancienne... C'est toute notre histoire... C'est comme si on nous arrachait le cœur... Ce maudit nuage interstellaire qui fonce sur nous a bien une origine ? Hein, Yvette ?

LA SECRÉTAIRE

Ça, c'est sûr, monsieur le président! Mon père me dit toujours: « Tant va la cruche à l'eau qu'à la fin elle se casse. »

LE PRÉSIDENT

(passionné)

C'est votre papa qui dit ça?

LA SECRÉTAIRE

Il dit aussi qu'il faut « arracher le mal par la racine », ou alors que « ça casse pas trois pattes à un canard », plein de trucs comme ça... Je ne sais pas pourquoi je dis tout ça... Je suis ridicule...

LE PRÉSIDENT

(réfléchissant et soudain s'illuminant)

Bon sang, Yvette, c'est votre père qui a raison. Ce nuage, à force de venir et revenir doit perdre de sa puissance et devenir vulnérable... Ça, c'est la cruche! Il faut aller à sa rencontre... Ça, c'est la racine... On doit pouvoir en venir à bout... Ça, c'est le canard! Oh, Yvette, vous êtes merveilleuse. Prévenez la base de lancements secrets que nous décollerons dans une heure.

LA SECRÉTAIRE

Vous avez dit « nous » ?

LE PRÉSIDENT

Oui, Yvette, cette mission est certes périlleuse, mais j'ai besoin de vous. Le monde nous attend !

LA SECRÉTAIRE

Mais je ne sais pas piloter une fusée…

LE PRÉSIDENT

Je m'occupe de tout. J'ai fait du karting à dix ans.

LA SECRÉTAIRE

Du karting ?

LE PRÉSIDENT

Ça vous épate, hein ? Mais je vous étonnerai encore, ma petite Yvette. Ah, j'oubliais, faites charger tous les dictionnaires dont nous disposons. J'ai une petite idée. Enfin, pas vraiment. On verra bien.

(Les projecteurs s'éteignent quelques instants.)

ACTE I, SCÈNE V

(Le président est seul, devant une multitude de micros. Il répond à des questions que l'on n'entend pas.)

LE PRÉSIDENT

À vous, mademoiselle. Ces messieurs n'y verront rien à redire... *(Regard complice avec l'assemblée. Il écoute la première question.)*
... eh bien oui, c'est ma décision. Oui, je partirai tout à l'heure dans notre nouvelle fusée. Non, personne ne me force la main. Vous savez, il y a un écrivain qui dit : « Quand tout est fichu, il y a encore le courage[2]. » *(Il prend un air satisfait.)*
Monsieur ? *(Il écoute.)*
Mon mariage ? Quel mariage ? Avec Anastasia Bellavida ? Soyons sérieux !
Monsieur ? *(Il écoute.)*
Il s'agit de notre langue française, monsieur ! Et notre langue, c'est notre histoire ! Celle que nos ancêtres ont tissée de génération en

1. Citation de Daniel Pennac.

génération ! Elle est tellement ancienne que les historiens sont incapables d'en situer exactement l'origine. Peut-être dans les cavernes. *(Il prend la posture d'un homme préhistorique et pousse des cris rauques en bondissant. Puis il reprend ses esprits, réajuste sa veste et prend un air sérieux.)*

Monsieur ? *(Il écoute.)*

Certes, nous ne l'imposerons plus ailleurs, comme ce fut parfois le cas jadis, avec violence. Tout cela, c'est bien fini !... Mais nous saurons la faire aimer et prospérer, simplement parce que c'est la plus belle ! *(Avec grande fierté.)* C'est la mienne, monsieur ! À notre pays tout entier, je dis : « Citoyens et citoyennes, JE SERAI VOTRE HÉROS ! »

Merci à vous. Non, plus de questions. Non merci ! Je dois mettre mon collant... Désolé... Merci... Au revoir ! *(Il sort. Les projecteurs s'éteignent.)*

ACTE II, SCÈNE I

(La lumière s'allume à l'endroit exact où sont placés les personnages. Le président et Yvette sont vêtus de combinaisons collantes et brodées de lettres de l'alphabet. Ils portent des casques couverts d'antennes. Ils sont harnachés à leur poste de pilotage.)

LE PRÉSIDENT

Allo, la base ? Il est où, le bouton ? Ah, voilà... Allo, Bernard ? Tu m'entends ? Génial, ça marche !

LA SECRÉTAIRE

(inquiète)

Ils ont mis du carburant ?

LE PRÉSIDENT

Non, Bernard, c'est Yvette qui cause. OK ! *(À Yvette.)* La fusée est pleine comme un œuf ! *(Yvette tremble. Il reprend sa conversation avec la base.)* Bon, alors, on peut déclencher le compte à rebours. Dis, Bernard, c'est bien le manche bleu, pour tourner? OK! Accrochez-vous, Yvette! Ne craignez rien! Je suis là! Je ne vous laisserai pas tomber... Je suis votre président, tout de même!

LE PRÉSIDENT ET LA SECRÉTAIRE
(comptant en tremblant)

Dix, neuf, huit, sept...

LE PRÉSIDENT

Si ça tourne mal, vous saluerez votre père pour moi!

LA SECRÉTAIRE

Comment ça, si ça tourne mal? Mais comment voulez-vous? Je suis avec vous!

LE PRÉSIDENT

Allo, Bernard? On en était où? OK! Six.

LE PRÉSIDENT ET LA SECRÉTAIRE

Cinq, quatre, trois, deux, un... C'esst Paaaarttiiiii!

(La fusée gronde, tremble, et les pilotes sont bringuebalés dans tous les sens. Soudain, place au silence. Le président et Yvette se détachent et se déplacent au ralenti, en apesanteur...)

LE PRÉSIDENT

(illuminé)

Yvette ? Yvette ?

LA SECRÉTAIRE

(tout ébouriffée et perturbée par le décollage)

Monsieur le président ? Vous avez votre rendez-vous à l'ambassade…

LE PRÉSIDENT

Yvette ! Nous sommes dans l'espace ! Ça a marché !

LA SECRÉTAIRE

Dans l'espace ?

LE PRÉSIDENT

Regardez, on est en apesanteur ! J'ai mes bras qui flottent… C'est drôle, vous ne trouvez pas ?

LA SECRÉTAIRE

(en colère)

Monsieur le président, nous ne sommes pas là pour être drôles, mais pour une mission de la plus haute importance : sauver notre langue française et la rendre à tous les pays francophones, monsieur le président ! Maintenant qu'on ressemble à des cerfs-volants, que comptez-vous faire ?

LE PRÉSIDENT

(flottant dans l'air en s'amusant)

You… Youyou… Ouah…

LA SECRÉTAIRE

(hurlant)

MONSIEUR LE PRESIDENT !

LE PRÉSIDENT

(reprenant ses esprits)

Vous avez raison, Yvette. Nous sommes des héros !

LA SECRÉTAIRE

Des Zéros, si rien ne se passe !

LE PRÉSIDENT

Que vous êtes pessimiste ! Nous allons d'abord observer ce nuage bleu pour voir…

LA SECRÉTAIRE

Pour voir quoi ?

LE PRÉSIDENT

Pour voir si... si on trouve une idée! Allez, chacun à son poste!

LA SECRÉTAIRE

(n'écoutant pas, le regard absorbé par le lointain)

Regardez, monsieur le président, on voit la Terre, si bleue... « Quand le puits est à sec, on sait ce que vaut l'eau. » Ça aussi, c'est un proverbe que me dit mon père...

LE PRÉSIDENT

C'est très beau, Yvette, nous allons le remplir, ce puits-là. Avec tous nos mots, les mots de tous les jours et les mots d'amour...

LA SECRÉTAIRE

Ça aussi, c'est très joli... Vous savez, je suis passionnée par notre belle langue, mais c'est surtout grâce aux poètes du monde entier qui jonglent avec elle... Tenez, par exemple : « Ce que nous faisons de plus sérieux sur cette terre, c'est d'aimer, le reste ne compte guère. » Ça, c'est Julien Green.

LE PRÉSIDENT

Un point pour vous, Yvette, mais laissez-moi réfléchir : « Je voudrais que la terre s'arrête pour descendre. » Ça, c'est Serge Gainsbourg...

LA SECRÉTAIRE

Merveilleux... Encore une : « Aucune idée sur terre n'est digne d'un trépas. » C'est Georges Brassens.

LE PRÉSIDENT

Ah, je me souviens : « La parole se fait poème. » Une citation de Léopold Sédar Senghor, un poète francophone africain. Alors, vous voyez que ça vaut le coup de la sauver, notre langue, de ne pas la taire... Ça vaut le coup de se battre un peu, non ?

LA SECRÉTAIRE

« Et je serai pour vous, un enfant laboureur/Qui fait vivre sa terre, pour vous offrir ses fleurs... » Barbara. J'ai gagné ! Vous avez raison, nous avons encore des siècles pour cultiver et faire fleurir nos jolis mots... Alors, je suis prête, monsieur le président. J'irai jusqu'au bout. *(Ils regagnent tous deux leur poste de pilotage.)*

LE PRÉSIDENT

Appelez-moi René.

LA SECRÉTAIRE

Vous croyez vraiment que…

LE PRÉSIDENT

Allons, Yvette, pas de chichis! *(Il la regarde amoureusement et reprend ses esprits.)* Bon, le nuage est à quelques secondes de nous, nous allons le contourner et nous choisirons ensuite la meilleure stratégie.

LA SECRÉTAIRE

Monsieur René, il est immense! On dirait qu'il…

LE PRÉSIDENT

Vous avez raison, il a changé de direction… Il fonce sur nous!

LA SECRÉTAIRE

Changez de cap!

LE PRÉSIDENT

Avec quoi ?

LA SECRÉTAIRE

La manette bleue !

LE PRÉSIDENT

Où ça, la manette bleue ?

LA SECRÉTAIRE

Devant vous !

LE PRÉSIDENT

C'est trop tard !

LA SECRÉTAIRE

Nous sommes perdus !

(La terreur est à son comble. Ils sont de nouveau emportés dans tous les sens.)

LE PRÉSIDENT

(dans un hurlement)

YVETTE, JE VOUS AIME !

(Ils se retrouvent soudain projetés sur le sol, dans l'obscurité. Ils restent d'abord immobiles, puis

reprennent lentement leurs esprits. Ils se relèvent, éternuent et ôtent la poussière de leurs « costumes ».)

LE PRÉSIDENT

Alors là, c'est la cata!

LA SECRÉTAIRE

Qu'est ce que c'est que cette histoire? Le nuage a disparu!

LE PRÉSIDENT

Où pouvons-nous bien être?

LA SECRÉTAIRE

Et cette odeur…

LE PRÉSIDENT

Immonde!

LA SECRÉTAIRE

Je ne me sens pas tout à fait bien…

LE PRÉSIDENT

Un peu mou sous les talons…

LA SECRÉTAIRE

Je crois bien que je vais…

(Ils tombent tous les deux, inanimés.)

ACTE III, SCÈNE I

(Apparaît soudain un individu, accompagné de soldats, tous vêtus de noir. Ils tiennent des volants à la main et se déplacent dans un alignement parfait. L'homme porte un lourd costume et tient à la main, telle une épée, un parchemin enroulé et lumineux. Les soldats entourent leur chef.)

DARKWORD

Vous m'entendez, bande de crabes abjects ?

LES SOLDATS

(à l'unisson et passionnés)

Oui, chef !

DARKWORD

Vous êtes des imbéciles ?

LES SOLDATS

(à l'unisson et passionnés)

Oui, chef !

DARKWORD

(En aparté.) Parfait, ils sont comme je les aime. *(Aux soldats.)* Nous détiendrons bientôt notre plus grand trésor : les mots qui viennent de cette galaxie tordue, de cette planète cabossée et de ce pays hexagonal ridicule. Mais derrière ces horreurs, il y a ce qui nous manquait… Un langage solide, multicolore et dont je me réserve la finesse…

UN SOLDAT

(seul et décalé)

Oui, chef! Heu…

LES AUTRES SOLDATS

(agacés)

Oh !

DARKWORD

Prenez vos filets à « motdire » !

LES SOLDATS

(à l'unisson et passionnés jusqu'à la transe)

Oui, chef!

DARKWORD

Aucun mot ne doit nous manquer! Les futiles, les inutiles, les moches, les beaux… *(À un soldat.)* Toi, tu te chargeras des gros! Les gros mots!

ACTE III, SCÈNE II

(Darkword impose le silence à son armée par un geste. Le président et la secrétaire reviennent à eux. Il se redressent et prennent peu à peu conscience des ennemis qui les entourent. Ils se rapprochent l'un de l'autre, comme pour se donner du courage.)

DARKWORD

Je vous attendais. Voici des siècles que je vous attendais. Vous serez, en quelque sorte, la petite cerise sur mon gâteau !

LE PRÉSIDENT

Bon… Bonjour, Monsieur ?

DARKWORD

DARKWORD ! Ça ne se voit pas ? *(Il montre son dos où est inscrit un D en lettre de feu.)*

LE PRÉSIDENT

Moi, je suis le président de la République !

DARKWORD

(ironique)

Président de la République ? C'est quoi, ça ? Pourquoi pas reine de Jupiter !

LA SECRÉTAIRE

Jupiter a une Reine ?

LE PRÉSIDENT

Et voici ma secrétaire, Yvette. Nous avons un sérieux problème, au sujet de notre langue...

DARKWORD

Coupez là ! *(Ils rient tous, mais le président et Yvette restent crispés.)*

LA SECRÉTAIRE

Comme il est drôle !

DARKWORD

(Il cesse brusquement de rire.) JE NE SUIS PAS DRÔLE DU TOUT ! Et vous allez vite vous en apercevoir... *(Il fait quelques mouvements de combat en poussant des cris qui impressionnent Yvette et le président. Il s'adresse avec autorité à son armée.)* Qui c'est qu'est pas drôle ?

L'ARMÉE

(à l'unisson)

C'est vous, chef!

DARKWORD

C'est qui, le chef?

L'ARMÉE

(à l'unisson)

C'est vous, chef!

DARKWORD

Voilà… C'est bien, les gars…

LE PRÉSIDENT

Un étrange nuage s'est abattu sur nos pays francophones et notre langage est en train de disparaître corps et biens…

DARKWORD

C'est moi!

LA SECRÉTAIRE

Ah, c'est vous! Mais cela nous pose quelques petits désagréments, car cela nous sert à communiquer, à créer, à rêver et tout et tout…

DARKWORD

C'est moi, je vous dis!

LE PRÉSIDENT

Mais si c'est vous, alors je n'y vais pas par quatre chemins, et je me permets en toute simplicité, et n'y voyez aucune amertume de ma part, ni aucun mauvais esprit, de vous poser la question qui nous taraude l'esprit... *(Hésitant et peureux.)* Pourquoi?

DARKWORD

C'EST MOI. TOUT ÇA, C'EST MOI! C'est mon œuvre, ma destinée, mon dessein, mon destin...

LA SECRÉTAIRE

Mais... pourquoi donc?

DARKWORD

Affaire d'État, les cloportes! Il n'y a pas de langue si ancienne qui mûrit sur tant de pays. Elle sait se nourrir d'autres langages. Elle est vivante.

LE PRÉSIDENT

Vous êtes bien aimable, mais il y en a d'autres...

DARKWORD

Vous en connaissez d'autres que l'on peut entendre tout près d'un désert et devant des lacs gelés ? Bon, assez palabré. C'est comme ça, un point c'est tout. J'ai été missionné pour donner une langue aux habitants de notre nouvelle planète. J'ai choisi la vôtre. *(Il désigne ses soldats.)* Ça fait quelques milliards d'années qu'ils se taisent... Pas pratique ! C'est en quelque sorte un cadeau que je leur fais. *(À son armée.)* Pas vrai, les gars ?

L'ARMÉE

(à l'unisson)

Oui, chef !

LE PRÉSIDENT

Mais alors, utilisez-la, mais rendez-la-nous !

DARKWORD

(Il reprend ses mouvements de combat et ses cris pendant quelques instants. Son armée l'accompagne. Il s'arrête essoufflé.) Ça va pas, la tête ? Elle est à moi et à moi seul. Je ne partage pas ces choses-là ! Une langue, c'est comme une brosse à dents... C'est personnel !

LE PRÉSIDENT

Vous êtes donc un voleur, un simple petit voleur de pacotille !

DARKWORD

AH, AH, AH ! Oui, c'est ça, de pacotille... En plus, je lui arrache des poils, à la brosse à dents !

LA SECRÉTAIRE

Des poils ?

DARKWORD

Oui, je les trie, les mots... Je ne donne à mon peuple que ceux qui sont utiles... Les autres, je les garde pour notre reine et un peu pour moi ! MOUA ! *(Il désigne son parchemin lumineux, le brandit et pousse un cri de rage.)*

LA SECRÉTAIRE

Votre reine ?

DARKWORD

Oui. Mais ça aussi, c'est un secret d'État.

LA SECRÉTAIRE

Vous choisissez les mots qui vous arrangent ?

DARKWORD

Pas bête, la crevette... J'en ai retiré un paquet pour ces coqs baveux! *(Il désigne son armée.)*

LE PRÉSIDENT

Comme le mot « liberté », je suppose!

DARKWORD

Celui-là, c'était le premier... Mais il y a les autres... les mots sombres et douloureux. Ceux-là, j'en ai fait offrande à notre reine Zémora. Elle les adore! Et je m'en suis réservé quelques-uns pour l'avenir. *(Il ricane, énigmatique.)*

LA SECRÉTAIRE

Votre reine Zémora!

LE PRÉSIDENT

C'est ahurissant!

DARKWORD

Il ne faut pas donner trop aux gens. Après, ils ont de mauvaises idées... *(À son armée.)* Pas vrai, les gars?

L'ARMÉE

(à l'unisson)

Oui, chef!

DARKWORD

Ils ne sont pas bien, comme ça? Juste ce qu'il faut... Pas plus... Ça leur suffit... Et moi, je reste LEUR MAÎTRE! *(Il reprend quelques mouvements de combat.)*

UN SOLDAT

Chef, nous approchons de notre cible. La planète bleue est à 500 gigarayons!

DARKWORD

Comme vous le voyez, le devoir m'appelle. Je vais donc devoir me débarrasser de vous.

UN SOLDAT

Nous attendons vos ordres!

DARKWORD

Je m'occuperai de vous plus tard... personnellement... *(À son armée.)* Enfermez-moi ces deux parasites dans la cellule noire... *(Il sort. L'armée emmène les prisonniers. La lumière s'éteint lentement.)*

ACTE III, SCÈNE III

(Dans la pénombre, les prisonniers se cherchent.)

LA SECRÉTAIRE

Monsieur René, m'entendez-vous ?

LE PRÉSIDENT

Je suis tout près de vous, Yvette…

LA SECRÉTAIRE

Vous l'avez, votre idée ?

LE PRÉSIDENT

Je suis tout près de la trouver, Yvette… Tout près…

LA SECRÉTAIRE

Monsieur René… Quand on s'est écrasés sur ce maudit nuage… vous avez crié…

LE PRÉSIDENT

Comme vous, Yvette. Il n'y a pas de honte à

cela… Même un président peut avoir des peurs… Je suis presque un homme comme les autres, vous savez…

LA SECRÉTAIRE

Des peurs et des sentiments, alors ?

LE PRÉSIDENT

Comment cela ? Bien sûr que j'ai des sentiments. *(Silence. Yvette lui sourit amoureusement…)* Beaujour, par exemple… *(Yvette est estomaquée.)*

LA SECRÉTAIRE

Beaujour ? Vous avez des sentiments pour Beaujour ?

LE PRÉSIDENT

Et oui, je dois bien vous l'avouer… *(Regard effaré d'Yvette.)* Il me fait de la peine quand je le vois pleurnicher pour un oui, pour un non…

LA SECRÉTAIRE

(Elle lui sourit à nouveau, mais plus intensément encore. Elle s'approche de lui.) Laissons

Beaujour, monsieur René… Mais quand vous avez crié… vous avez dit quelque chose ?

LE PRÉSIDENT

Sans doute…

LA SECRÉTAIRE

Essayez encore de vous souvenir…

LE PRÉSIDENT

J'ai dû dire que…

ACTE III, SCÈNE IV

(La conversation est interrompue par un toussotement. Dans la pénombre, plusieurs silhouettes s'installent.)

LE PRÉSIDENT

Nous ne sommes pas seuls…

LA SECRÉTAIRE

Ce sont nos bourreaux. Ils viennent nous chercher… Dites-le-moi, monsieur René… Dites-le-moi…

LE PRÉSIDENT

Je vous…

LA SECRÉTAIRE

Oui… Continuez !

LE PRÉSIDENT

Je vous… Je vous… *(Ses yeux brillent.)* Je vois Beaujour !

LA SECRÉTAIRE

(fâchée)

Beaujour !

LE MINISTRE BEAUJOUR

Monsieur le président !

LE PRÉSIDENT

Et Tabouille ! Alors ça, c'est une surprise ! *(Il les congratule longuement.)* Mes fidèles ministres sont là !

LE MINISTRE BEAUJOUR

Madame Yvette, que je suis heureux de vous voir si rayonnante ! Plus belle qu'une étoile !

LA SECRÉTAIRE

(amère)

Et moi donc ! *(Les ministres saluent Yvette.)*

LE MINISTRE BEAUJOUR

(en joie)

Nous avons décidé de vous rejoindre.

LE MINISTRE TABOUILLE

Nous avons dé... dé... dédé...

LE PRÉSIDENT

C'est qui, ça, Dédé ?

LE MINISTRE TABOUILLE

Dé… décollé in extremis.

LE MINISTRE BEAUJOUR

Mais nous savons que la langue française a totalement disparu de notre Terre. C'est la fin, monsieur le président. *(Il commence à pleurer.)*

LA SECRÉTAIRE

(Elle hurle.) Oh, ça suffit, Beaujour ! *(Beaujour, interloqué, s'arrête immédiatement.)*

LE MINISTRE BEAUJOUR

Plus personne ne peut communiquer et se comprendre. Alors, quand il n'y a plus de mot, c'est la violence, puis la guerre. Je crains la pire. La guerre mondiale !

LE PRÉSIDENT

(songeur)

Nous sommes donc les derniers possesseurs de notre plus grand patrimoine… Yvette, vous aviez bien chargé les dictionnaires dans la fusée ?

LA SECRÉTAIRE

Oui, René… Heu… monsieur le président !

LE MINISTRE TABOUILLE

On l'a vue, votre fusée. Elle est garée à côté de la nôtre… C'est là que des espèces de pingouins nous ont attrapés !

LE PRÉSIDENT

C'est très intéressant, tout cela… *(Songeur.)* Très intéressant… Il nous faut sortir d'ici absolument… Laissez-moi faire… *(Il crie.)* SOLDAT !

ACTE III, SCÈNE V

(Un soldat apparaît au loin.)

LE PRÉSIDENT

J'ai besoin de sortir !

LE SOLDAT

Non !

LE PRÉSIDENT

C'est très pressé !

LE SOLDAT

Non ! Non !

LE PRÉSIDENT

Mais je vous jure que je ne m'échapperai pas !

LE SOLDAT

Non !

LA SECRÉTAIRE

Il ne connaît que les mots que Darkword lui

a donnés. Je crois qu'il ne comprend rien à ce que vous dites !

LE PRÉSIDENT

Pipi !

LE SOLDAT

Non !

LA SECRÉTAIRE

(Elle inspire profondément et hurle.) VIENS ICI, IMMONDICE ! VIEILLE LIMACE BAVEUSE ! TÊTE D'ARAIGNÉE ! OBÉIS, SINON JE T'ENFERME, JE T'ÉCRASE COMME UNE… CACAHOUÈTE ! *(Elle toussote, un peu gênée, en regardant ses compagnons stupéfaits. Elle s'évente en souriant au président, arrange sa coiffure et reprend sa respiration. Elle hurle de nouveau.)* VOUS ÊTES UN IGNARE !

LE SOLDAT

Oui, chef !

LE PRÉSIDENT

Il n'a que le langage de l'obéissance, pas celui de l'intelligence !

LA SECRÉTAIRE

(À ses compagnons, satisfaite.) Je crois que ça marche! *(Au garde.)* APPROCHEZ ! *(Le garde s'avance doucement.)* AU PIED, CHIEN! *(Le soldat s'incline à genoux. Elle prend un air conquérant et s'adresse au président.)* C'est bien ce que je pensais. Il ne connaît que ces mots-là! *(Les ministres et le président restent un moment bouche bée en regardant la secrétaire.)*

LE PRÉSIDENT

Alors là, vous m'épatez, Yvette!

LA SECRÉTAIRE

(coquette)

Je suis désolée, monsieur René. Ce n'est pas mon habitude de parler ainsi… J'ai presque honte…

LE PRÉSIDENT

Honte? Comment ça, honte? Vous êtes géniale!

LA SECRÉTAIRE

(intimidée)

Merci… Merci… *(Le soldat commence à se redresser. Elle hurle.)* COUCHÉ ! CITROUILLE CARRÉE ! *(Le soldat obéit. Ses compagnons sursautent.)*

LE MINISTRE BEAUJOUR

J'ai compris. Darkword l'a programmé pour n'entendre que des insultes et pour obéir.

LE MINISTRE TABOUILLE

Iiiii… nutile de lui demander de nous libérer. C'esssst un verbe inconnu pour lui.

LE MINISTRE BEAUJOUR

Il faut donc lui apprendre des mots nouveaux…

LE PRÉSIDENT

(Il hurle au soldat.) ÉCOUTE CE QU'ON TE DIT, BALAYETTE ! COLÉOPTÈRE INFÂME. *(Il regarde à son tour, satisfait, ses compagnons.)*

LE MINISTRE BEAUJOUR

Je peux essayer ? J'ai envie de m'amuser aussi !

LE PRÉSIDENT

Pas le temps, Beaujour! C'est une affaire d'État! Mais votre devoir sera de lui ouvrir son esprit étroit...

LE MINISTRE BEAUJOUR

(Flatté.) Bien, monsieur le président. Je vais donc lui apprendre ce que je connais de mieux. *(Il prend un temps pour trouver une posture près du soldat et enroule son écharpe blanche autour du cou. Son regard est profond et son ton grandiloquent.)* Nous commencerons par un génie: Victor Hugo! « La volonté trouve, la liberté choisit. Trouver et choisir, c'est penser. » (*Ses amis applaudissent. Il les remercie, salue et poursuit.)* Et maintenant, Jacques Prévert: « Un seul oiseau en cage, la liberté est en deuil. » René Char! « Je ne puis être et ne veux vivre que dans l'espace et dans la liberté de mon amour. » *(Le soldat redresse la tête et écoute. Il commence à sourire. Puis, s'adressant beaucoup plus simplement au soldat.)* Paul Éluard: « Et par le pouvoir d'un mot / Je recommence ma vie / Je suis né pour te connaître / Pour te nommer, Liberté. »

LA SECRÉTAIRE

J'adore celle-là : « Quand la liberté rentrera, je rentrerai. » C'est encore Victor Hugo. *(Le soldat se relève, soulagé.)*

LE PRÉSIDENT

Voyez, soldat, vous en avez, de jolies choses à découvrir. Beaujour, continuez à le nourrir de vos délices…

LE MINISTRE BEAUJOUR

(Flatté, il se place tout près du soldat.) Connaissez-vous Jules Verne, mon petit? Écoutez : « La liberté est un bien immense, mais qu'on ne peut goûter qu'à la condition de vivre. »
(Beaujour emmène le soldat, heureux, à l'écart et continue à lui murmurer à l'oreille des mots d'auteur.)

LE PRÉSIDENT

(à Tabouille)

Ce Darkword n'est qu'un petit chef d'armée. Ce qu'il nous faut, c'est retrouver cette reine Zémora…

LE MINISTRE TABOUILLE

Zé... Zé... Zé...

LE PRÉSIDENT

Oui... Zémora, Tabouille !

LE MINISTRE TABOUILLE

Zé... Zé... Zé une idée ! De... mandons au soldat ! Il connaît la route !

LE SOLDAT

(s'emportant avec passion)

« La liberté commence où l'ignorance finit. » Encore Hugo ! C'est merveilleux, ces mots légers et si profonds... La liberté !

LE PRÉSIDENT

Justement, mon petit, à ce propos, nous avons un petit service à vous demander...

(La lumière s'éteint brusquement. On entend un bruit de fusée, des cris et des bruits de tôles. Puis le silence.)

ACTE IV, SCÈNE I

(Les projecteurs s'allument. Le président, Yvette, les ministres et le soldat entrent, visiblement sonnés par le voyage. Ils tiennent chacun un dictionnaire à la main.)

LA SECRÉTAIRE

Je vous avais dit la manette bleue, monsieur René !

LE MINISTRE BEAUJOUR

(au ministre Tabouille, étonné)

Vous entendez ? Elle l'appelle par son petit nom !

LE PRÉSIDENT

(enthousiaste)

On a foncé comme la lumière ! C'est mieux que le grand huit ! Vous ne trouvez pas ? Ah, je suis content de moi !

LE MINISTRE TABOUILLE

À l'atterrissage, j'ai l'estomac qui s'est coincé

dans les narines ! Je ne peux plus respirer !

LA SECRÉTAIRE

Par la bouche, Tabouille... Par la bouche...

LE MINISTRE TABOUILLE

Alors, moi, j'aimerais vous dire combien tout cela me déplaît. Certes, je suis le ministre des Urgences, mais il y a des limites ! *(Il s'arrête de parler soudainement, contemple ses compagnons stupéfaits, puis reprend...)* Des limites... *(Fou de joie.)* Monsieur le président, vous entendez, je parle... Je parle tout d'un coup ! Sans hésiter... ! *(Il crie de joie et embrasse ses compagnons en les secouant avec passion. Tous rient de cette bonne nouvelle.)*

LE MINISTRE BEAUJOUR

Ce doit être l'atterrissage ! Ça vous a remis les mots entiers ! C'est une bonne nouvelle pour nous... Enfin, je veux dire... Pour vous !

LE PRÉSIDENT

(portant soudainement son regard sur son dictionnaire)

À propos de mots, ces dictionnaires sont les

plus récents. Ils sont notre mémoire.

LE MINISTRE TABOUILLE

J'ai la dernière édition du *Grand Marcel* !

LE PRÉSIDENT

Parfait. La réponse à notre problème se trouve là-dedans. Je ne sais pas où exactement… Mes amis, cherchons !

(Ils ouvrent chacun leur dictionnaire et restent un instant estomaqués.)

LE MINISTRE TABOUILLE

Ça alors !
(Ils feuillètent nerveusement les ouvrages.)

LA SECRÉTAIRE

Il ne manquait plus que ça !

LE MINISTRE BEAUJOUR

Le mien est blanc comme une feuille !

LE MINISTRE TABOUILLE

Une feuille blanche, alors !

LE PRÉSIDENT

Nos mots se sont effacés…

LE MINISTRE BEAUJOUR

(éploré et déclamant au ciel)

Oh, présage funeste
Notre sort en est jeté.
Une gomme céleste
Nos mots a… *(Il cherche. L'assemblée angoissée retient son souffle.)* Nos mots a… ratatinés! *(L'assemblée applaudit.)*

LE PRÉSIDENT

Alors là, je dis ma confusion. Je ne suis que président, vous savez… Je n'avais pas de solution et là… Et là… Je n'en ai aucune! *(Au soldat.)* Mon petit, où sommes-nous?

LE SOLDAT

Dans la salle des repas. La reine Zémora y passe la plupart de son temps.

LE MINISTRE BEAUJOUR

Ça tombe bien. Croyez-vous que l'on nous servirait un bon petit cassoulet? *(Le ministre Tabouille a un haut-le-cœur.)*

ACTE IV, SCÈNE II

(Sur une musique grandiose, poussée par deux valets, la reine Zémora entre lourdement. Elle est immense. Sa robe blanche, qui la recouvre complètement, ne laisse apparaître qu'une petite tête tout en haut. Ses deux bras gigantesques balaient lentement l'espace. Le président et ses compagnons sont tétanisés de peur. Ils se regroupent à couvert et observent. Les valets se retirent.)

LA REINE ZÉMORA

(Sa voix rauque envahit tout l'espace.) J'AI FAIM ! *(Elle rote bruyamment.)*

LES MOTS

(Des mots résonnent. Après chacun d'eux, Zémora ouvre grand la bouche, le gobe et le mâche goulûment.) HAINE… GUERRE, MORT… *(La reine rote longuement…)* MALHEUR… SOUFFRANCE… *(Ses grands bras tapotent son estomac.)*

LE MINISTRE TABOUILLE

C'est abject !

LE MINISTRE BEAUJOUR

Sans assiette, sans couvert !

LE PRÉSIDENT

Croyez-vous que nous soyons devant un simple problème de fourchette !

LE MINISTRE TABOUILLE

On dirait une grosse guimauve...

LA SECRÉTAIRE

(écœurée)

Et cette odeur...

LE MINISTRE BEAUJOUR

Ça me rappelle une phrase de Patrick Süskind : « Notre langage ne vaut rien pour décrire le monde des odeurs. » Et aussi...

LE PRÉSIDENT

Ça suffit, Beaujour, nous ne sommes pas dans un spectacle ! Ayez un peu les pieds sur terre !

LE MINISTRE TABOUILLE

Sur terre ?
(Échange de regards discrets et gênés entre les compagnons.)

LE MINISTRE BEAUJOUR

Mais je…

LE PRÉSIDENT

(criant)

ÇA SUFFIT, BEAUJOUR !
(La reine Zémora est interrompue par ces cris. Elle fixe les intrus et pousse un hurlement d'outre-tombe.)

LA REINE ZÉMORA

(de sa voix grave)

Où est mon chef d'armée ? Il est en retard et j'ai faim de mots…

LA SECRÉTAIRE

Vous voulez parler de Darkword ?

LA REINE ZÉMORA

Il m'a promis un nouveau repas…

LE SOLDAT

Il est… Il est… parti faire ses courses…

LA REINE ZÉMORA

(de sa voix grave)

Que fais-tu là, soldat de Sa Majesté ! Objet de mon vouloir ! Sujet de mon pouvoir !

LE SOLDAT

Je vous amène nos prisonniers !

LA REINE ZÉMORA

Ces prisonniers ne sont que des chiens errants. Je vais les écraser, les cogner, les concasser et les briser… *(Elle agite ses bras démesurés.)*

LA SECRÉTAIRE

Vous ne savez dire que des méchancetés ? C'est un bel exemple, pour la jeunesse !

LA REINE ZÉMORA

(riant et rotant grassement)

Mon peuple me vénère. Il me donne sa vie. Parce que je suis la puissance ! LA PUISSANCE SANGUINAIRE !

LE PRÉSIDENT

Votre peuple est ignorant.

LA REINE ZÉMORA

C'est faux ! Il pense !

LE MINISTRE BEAUJOUR

Il pense avec les seuls mots qu'il a.

LA REINE ZÉMORA

Vipères ! Menteurs ! Il a tout !

LE MINISTRE TABOUILLE

Qui ment ?

LA REINE ZÉMORA

Ça suffit ! Vous avez dérangé le repas de votre reine et vous serez châtiés ! À mort ! *(Elle s'agite dans un grondement de tonnerre et au milieu des éclairs. Les prisonniers et le soldat se mettent à genoux, posent leurs mains sur les oreilles et hurlent.)* PAR MES POUVOIRS ET MA PUISSANCE…

ACTE IV, SCÈNE IV

(La tempête s'arrête net. La reine Zémora est interrompue par les crissements des motos de Darkword et de son armée rangée derrière lui. Le président et ses compagnons se cachent et observent. Darkword tient de ses deux mains son parchemin enroulé et lumineux Les prisonniers se redressent. Darkword les ignore, s'avance dans le silence devant la reine et s'incline, tel un chevalier.)

LA REINE ZÉMORA

Relève-toi, Darkword, et écoute ta reine. *(Il s'exécute.)* Ne remarques-tu rien ?

DARKWORD

Vous êtes encore plus grosse qu'hier, ô reine !

LA REINE ZÉMORA

Tu me flattes. Tu as toujours su ce qui est bon pour moi.

DARKWORD

Je suis un simple soldat à votre service, Majesté. *(Il s'incline à nouveau.)*

LA REINE ZÉMORA

Et plus je serai grosse, et plus je serai puissante !

DARKWORD

Je vous l'ai toujours dit, Majesté.

LA REINE ZÉMORA

Et depuis tout ce temps, tu me donnes ce qu'il y a de mieux. Les mots de ces pays me comblent. Je t'attends à chaque fois avec plus d'impatience. Pourtant…

DARKWORD

Plaît-il, Majesté ?

LA REINE ZÉMORA

Est-ce normal qu'ils aient tous le même goût ?

DARKWORD

Ils viennent de pays qui sont amis… Quand on parle la même langue, on se sent plus proches…

LA REINE ZÉMORA

Ce doit être ça… *(Silence.)* J'ai pris une décision de la plus haute importance… On dit que je suis immortelle… Mais qui peut savoir… Un jour peut-être quitterai-je mon peuple. Et ce jour-là, il lui faudra un autre souverain… Alors, ce sera toi ! JE LE DÉCLARE SOLENNELLEMENT !!! *(Darkword se relève lentement.)*

DARKWORD

(faussement soumis)

Je serai digne de votre confiance. *(Les soldats s'agenouillent.)*

LA REINE ZÉMORA

Je le sais, Darkword, je le sais…

DARKWORD

J'ai pour vous un festin des derniers mots de ces pays que l'on dit « francophones ». Je vous les livre en offrande. *(Il lève les deux bras au ciel.)* JE POSE À TES PIEDS LES MOTS : MEURTRE, EXTERMINATION, AVILIR…

ACTE IV, SCÈNE V

(Pendant que la reine gobe les mots, un par un, avec délice.)

LE MINISTRE TABOUILLE

Regardez, sur le côté…

LA SECRÉTAIRE

Sa robe se déchire…

LE MINISTRE BEAUJOUR

Elle grossit encore…

LE MINISTRE TABOUILLE

On voit sa peau… Tendue comme un ballon de baudruche.

LE SOLDAT

Un ballon de baudruche ?

LE PRÉSIDENT

Voici donc la raison de l'excessive soumission de ce chef d'armée. Darkword la gave des mots les plus horribles... Pour la faire éclater... C'est certainement la seule façon de prendre le pouvoir...

LE MINISTRE BEAUJOUR

Si elle explose, nous sommes perdus et notre langue aura disparu de l'univers tout entier...

DARKWORD

CARNAGE! BRUTALITÉ! INJUSTICE!
(La reine ingurgite lentement et rote régulièrement. On entend des bruits de craquement.)

LA SECRÉTAIRE

Elle se fissure de partout!

LE PRÉSIDENT

(hurlant)

ÇA VA EXPLOSER!
(Ils se jettent à terre et se protègent la tête.)

ACTE IV, SCÈNE VI

(La reine cesse ses mouvements. Darkword se tourne vers les fugitifs. Dans le silence, il s'avance vers eux.)

DARKWORD

Regardez-vous, cafards rampants, vous n'êtes plus rien. Votre peuple est muet pour l'éternité. Il sombre lentement dans un abîme de silence. Il ne sait plus rien d'avant. Il ne comprend plus rien. C'est un peuple ignorant et docile… *(Au soldat qui les accompagne.)* Et toi, traître, ton sort en est jeté ! *(Il brandit, menaçant, son parchemin. Le soldat se relève.)*

LE SOLDAT

Tu te trompes, Maître, ces amis m'ont fait découvrir des délices que je n'imaginais pas avant. Sais-tu qu'il existe d'autres mots ? Des mots jolis, qui chantent et qui émeuvent…

DARKWORD

Tais-toi !

LE SOLDAT

Il faut me croire, Maître. Ces mots-là sont si précieux qu'ils savent vous étreindre de leur douceur… C'est une bien jolie langue que la leur… Elle a des accents et des patois très anciens… Qui naissent, fleurissent dans des pays lointains…

LE MINISTRE BEAUJOUR

Voilà qu'il parle en alexandrins…

LE SOLDAT

Avec eux, notre vie sera différente…

LA REINE ZÉMORA

(reprenant ses esprits)

Que raconte ce soldat ? De quoi parle-t-il ? Ces mots ne me disent rien !

DARKWORD

Ce soldat est fou. Il nous a trahis.

LA REINE ZÉMORA

Alors tue-le !
(Darword lève son épée.)

LE PRÉSIDENT

Votre sujet a raison, Majesté. Darkword vous ment! Il ne vous sert que des mots choisis. C'est pour cela qu'ils ont tous le même goût!

LE MINISTRE TABOUILLE

Le goût de la mort...

LE MINISTRE BEAUJOUR

Parce que Darkword est en train de vous assassiner. Ceci est votre dernier repas. Vous allez exploser et lui laisser votre place.

DARKWORD

Taisez-vous! Soldats, occupez-vous d'eux! Qu'ils crient de douleur jusqu'à leur dernier souffle! Si je les tuais moi-même, ce serait trop rapide...
(Les soldats se lèvent et s'avancent.)

LA REINE ZÉMORA

Attendez, soldats. Je sens mon corps qui tressaille. Derrière ma peau tendue et mince comme une feuille... je vois même... mes entrailles...

DARKWORD

Mangez, Majesté. Je vous en sers d'autres: TORTURE, MENSONGE... *(En aparté, aux prisonniers.)* Ce seront les derniers...

LE PRÉSIDENT

Majesté. Prenez juste le temps de lire son parchemin!

DARKWORD

(après un moment de silence et de confusion)

Emmenez-les tout de suite!

LA REINE ZÉMORA

Attendez, soldats! De quoi parle-t-il, Darkword?

LA SECRÉTAIRE

(déchaînée)

Son parchemin ! Celui qu'il garde roulé! Son arme chargée de secrets...

LA REINE ZÉMORA

(à Darkword)

Tu aurais des secrets pour moi?

DARKWORD

(autoritaire)

Mangez, Majesté !

LA REINE ZÉMORA

Darkword, tu n'as rien à craindre, puisque j'ai confiance en toi. Mais tu me dois obéissance… Une obéissance absolue… Alors, approche et déroule ton arme ! Tu ne dis rien ? Donc tu me mens… Veux-tu que j'en appelle à mes pouvoirs et à ma puissance ?

DARKWORD

(tombant à genoux)

Ce parchemin n'est pas le mien… Je leur ai pris…

LA REINE ZÉMORA

Alors offre-le à ta reine… J'ai encore faim…

(Darkword déplie la grande feuille et la brandit, tremblant, à la reine Zémora. En silence, elle fixe le parchemin et lit. Son expression passe de la curiosité à l'étonnement puis au plaisir… Elle ne gobe plus les mots secrets, mais les déguste

avec délicatesse. Sa voix change et devient peu à peu celle d'une jeune fille.)

LA REINE ZÉMORA

Ces mots-là sentent bon… C'est du bonheur… Pourquoi m'en priver, Darkword ?

DARKWORD

Je te les gardais pour… le dessert…

LA REINE ZÉMORA

Ce que je lis me suffit à comprendre… Ils ont raison. Tu me tues peu à peu pour assouvir ta soif de pouvoir… As-tu remarqué, je lis ces mots et je ne grossis pas. Ceux-là sont légers… comme de doux murmures… Des soupçons de brise…

DARKWORD

Je vous en supplie, Majesté ! Pardonnez-moi ! Je ne voulais qu'un peuple soumis à vos ordres !

LA REINE ZÉMORA

Et tu me nourrissais des mots les plus sales, chargés de haine ! Pourquoi ? *(Il cherche ses mots.)* Tais-toi, Darkword ! Tu as confondu tes ambitions et mon pouvoir… Tu n'as cultivé que le malheur… Laisse-moi encore lire ces mots secrets… Offre-moi encore ces douceurs… *(Darkword déplie le parchemin. Il est à bout de force. Le ministre Beaujour s'avance, arrache le document des mains de Darkword et le déplie à son tour. Sur une musique grandiose, la tête de la reine se décale doucement de son corps et se glisse derrière sa grande robe. Lentement, la reine réapparaît. Elle est devenue une jolie jeune fille de taille humaine. Elle s'approche de Beaujour, qui lui offre le parchemin. Elle se dirige vers les soldats.)*

LA REINE ZÉMORA

Soldats, prenez cela et offrez-le à notre peuple. J'ai recouvré la vue, alors que lui reste aveugle. Cette langue précieuse nous appartient à tous. Rien ne doit lui manquer… Faites vite.

LES SOLDATS

(avec douceur)

Bien, reine…

LA REINE ZÉMORA

(au ministre Beaujour, séduit)

Je lis dans votre regard cet amour des mots…

LE MINISTRE TABOUILLE

Bah alors, Beaujour ! Dites quelque chose !

LE MINISTRE BEAUJOUR

Je ne peux pas, là… Pas devant tout le monde… *(Il commence à pleurer…)*

LA SECRÉTAIRE

Voilà qu'il recommence…

LA REINE ZÉMORA

Alors parlez-moi doucement…
(Beaujour s'avance timidement et murmure discrètement à l'oreille de la reine. Il s'essuie une larme.)

LE MINISTRE TABOUILLE

Pourquoi pleure-t-il encore ? Y'a rien de triste !

LA SECRÉTAIRE

Il n'est pas triste… Il est ému…

LE PRÉSIDENT

Peut-être même… amoureux… *(Il regarde Yvette tendrement.)*

LA SECRÉTAIRE

Président… Laissons-les… *(Elle l'éloigne du groupe.)* Vous n'avez pas répondu à ma question… Quand on a atterri ici, vous avez dit quelque chose… Souvenez-vous, René…

LE PRÉSIDENT

Oui, je le sais bien… J'ai dit… *(Il lui prend les mains.)* J'ai osé parce que je nous croyais perdus… Je voulais que vous sachiez, Yvette… J'ai dit…

BEAUJOUR *(à la reine)* ET LE PRÉSIDENT *(à Yvette en même temps et avec douceur)*

Je vous aime…

LE MINISTRE TABOUILLE

Quand je vais raconter ça à ma femme! *(Il feuillette machinalement un dictionnaire et laisse exploser sa joie.)* Regardez, président, les mots… Ils sont tous là…

LA REINE ZÉMORA

(à Beaujour)

Mon peuple ne vous oubliera pas. Jamais. Vous et vos compagnons, vous nous avez sauvés du pire, de la bêtise et du chaos… *(Beaujour lui offre un dictionnaire.)* Je vais à mon tour préserver ce merveilleux présent. *(Au soldat.)* Tu seras le plus fidèle serviteur de cette langue, et tu la rendras plus riche chaque jour. *(Le soldat s'incline devant la reine. Celle-ci s'adresse ensuite au président.)* Grâce à vous tous, la francophonie franchira une multitude d'étoiles. On la chantera au-delà des galaxies… *(À Beaujour.)* Vous êtes un magicien des mots… Je serai votre muse. Je vous accompagnerai à chacun de vos pas. Je serai là.

LE MINISTRE BEAUJOUR

(réjoui)

Alors, vous venez donc avec nous ?
(La reine baisse la tête, songeuse.)

LA REINE ZÉMORA

Cela m'est impossible… Il y a tant de choses

à faire et à réparer ici… *(Elle murmure quelques mots à l'oreille du ministre, dont l'expression passe de la déception à la joie.)*

LE MINISTRE TABOUILLE

(désignant Darkword, à genoux et tête baissée)

Excusez-moi, Votre Majesté, mais que fait-on de ce Darkword ?

LA REINE ZÉMORA

Rien. Il est abandonné par tous et cette prison-là est la plus terrible. Il n'est plus rien… Et cela pour l'éternité. J'en ai assez de cette violence et de cette rage. Je ne lui ressemble pas… Vous pouvez partir, à présent. Nous vous escorterons jusqu'à chez vous. *(Ils saluent la reine et s'apprêtent à sortir.)* Savez-vous ce que dit un de vos écrivains, le Marocain Tahar Ben Jelloun ? « Une bibliothèque est une chambre d'amis. » Bonne route, mes amis… *(Ils sortent. La lumière s'éteint.)*

ACTE V, SCÈNE I

(Seul le président est éclairé, dans un petit espace. Après une introduction musicale solennelle, il parle à une caméra.)

LE PRÉSIDENT

Amis francophones, je m'adresse à vous ce soir pour vous dire combien cette épreuve doit nous faire prendre conscience de ce qui nous rapproche. Un écrivain francophone libanais, Amin Maalouf, écrit : « L'identité n'est pas donnée une fois pour toutes, elle se construit et se transforme tout au long de l'existence. » Eh bien, notre langue commune sera comme ça. Vivante, belle et riche de ce que nous pourrons chacun lui apporter. Une plaine où jailliront nos mots venus de terres lointaines, comme des arbres du monde entier. Une grande forêt pour la paix et notre liberté.
(La musique reprend. La lumière s'éteint doucement. Soudain, cette fin est interrompue par l'arrivée des ministres surexcités et Yvette, qui tient une valise à la main.)

LE MINISTRE BEAUJOUR

Monsieur le président ! Monsieur le président !

LE MINISTRE TABOUILLE

C'est une horreur !

YVETTE

Une catastrophe !

LE MINISTRE BEAUJOUR

Un nuage blanc…

LE MINISTRE TABOUILLE

Un gros nuage, comme de la neige !

LE PRÉSIDENT

Sortez la fusée ! Yvette, prépare-toi !

YVETTE

(calme)

Mais je suis prête. J'ai même préparé tes affaires !

LE PRÉSIDENT

Ah bon ?

YVETTE

Pour un petit voyage à la montagne… en amoureux… Et en train, cette fois !

LE PRÉSIDENT

Mais… mais je n'ai jamais conduit de train…

(Rire de tous et musique de fin. Les projecteurs s'éteignent.)

Achevé d'imprimer en France en mars 2006
par Hérissey à Évreux (Eure) - N° 101318